Marie-Geneviève Thirouin

Couronne de Lys

L. Pathie

Aubanel fils aîné
Avignon

Couronne de Lys

M. G. THIROUIN

Couronne de Lys

AVIGNON
AUBANEL FILS AINE, Editeur
15, Place des Etudes, 15

1927

LES LYS EN BOUTONS

DEDICACE

O Pureté des tout-petits
Lys du ciel, Fleur du paradis
Dont le parfum nous aide à vivre,
Fragile fleur prête à s'ouvrir
C'est à toi que je viens offrir
Ce petit livre.

Conserve-le, petit enfant...
Par ces lignes je voudrais tant
Te faire aimer l'Eucharistie,
Et c'est dans cet unique but
Que mon talent à son début
Te le dédie.

GERBE DE LYS

Fleurs d'infini que Dieu parfume
Lys d'amour éclos sous ma plume
Les plus blancs et les plus jolis,
Dans mon âme qui se recueille
C'est pour vous, Seigneur, que je cueille
Cette blanche gerbe de lys.

Dans l'enclos des petites âmes
Qui, depuis longtemps, vous réclament
Les beaux lys blancs sont tous fleuris.
Mais leurs corolles sont bien frêles...
Beaux anges étendez vos ailes
Sur ces blanches gerbes de lys.

Marie ! ô « Lys de la Vallée ! »
O douce Vierge immaculée,
A Jésus votre Divin Fils,
Vous qui chérissez l'innocence,
O Mère et Reine de l'enfance,
Présentez ma gerbe de lys.

AUX PETITS ENFANTS

Je voudrais, allumant les flammes
Du grand Amour, du Saint Désir,
Préparer vos petites âmes
Pour ce Jésus qui va venir...

Regardez-le bien... Il s'avance...
De son beau ciel, Il vient à vous ;
Il réclame votre innocence,
Donnez-la lui... Donnez-lui tout...

Ah ! donnez-lui tout de vous mêmes
Vos petits cœurs et leur Amour,
Dites-lui bien : « Jésus, je t'aime,
« Jésus je veux t'aimer... toujours... »

Donnez-vous à lui sans partage,
Promettez-lui bien fermement
De l'aimer toujours davantage,
Et chaque jour plus tendrement...

Il faut que votre cœur se prête
A faire tout ce qu'Il voudra...
Il faut que votre âme soit prête
A l'accueillir quand Il viendra...

Demain matin, au son des cloches
Vous partirez joyeux, contents ;
Ces doux instants sont déjà proches,
Jésus est là qui vous attend...

Heureux Elus de sa tendresse
Votre candeur va l'entrevoir,
L'Amour Le conduit et Le presse,
Allez vite le recevoir...

Que votre âme lui reste unie
Toujours, plus tard comme aujourd'hr
Petits Enfants c'est pour la vie...
Il est à vous, soyez à Lui...

TU TIENS DANS TES MAINS...

Benjamin chéri, cher petit enfant
Au front d'aubépine aux lèvres de roses
Dont le beau regard, doux et triomphant
Nous dit tant de choses ;
Par ce regard pur, limpide et charmeur,
Tes gestes câlins et pleins de prières
Par un seul baiser de ta lèvre en fleur,
Tu tiens en tes mains, petit enjôleur,
Le cœur de ta mère.

Cher petit enfant, toi qui sais prier,
Toi qui crois en Dieu sans l'ombre d'un doute
Toi seul restes pur quand tout est souillé,
Et le Ciel t'écoute.
Par ton cœur aimant, ton front ingénu,
Par ta Foi naïve et ton ignorance,
Cher petit enfant souvent méconnu
En tes faibles mains tu tiens le Salut
De la « doulce France. »

L'ENFANT EN PRIERE

Qu'il est doux de voir prier un enfant !
Je ne sais vraiment plus charmant spectacle,
On le voit si près du Ciel, et l'on sent
Que ce Ciel pour lui garde ses miracles...
Ils savent prier... D'avance ils sont sûrs,
Qu'on cède toujours à leurs voix fécondes
Que le Tout-Puissant aime les cœurs purs
Et les têtes blondes.

Aux pieds de Jésus se forment les cœurs,
Sous son doux regard éclosent les âmes,
Les âmes d'enfants ces exquises fleurs
Les cœurs innocents que les cieux réclament...
Oh ! joignons... joignons leurs petites mains
Bien fort et souvent entre les deux nôtres,
Anges d'aujourd'hui pour nos lendemains
Ce sont des apôtres.

Ils savent fléchir, nous le savons bien ;
— N'en avons-nous pas fait l'expérience ! —
Les enfants gâtés ne doutent de rien
C'est que de leur force ils ont conscience.
Sachant qu'on ne peut que les exaucer,
Qu'aux accents câlins rien ne se refuse.
Ils ne sont jamais très embarrassés
Et tout les excuse.

Chers petits enfants, si grands à genoux,
Vous que Dieu comprend, qu'Il voit et qu'Il aime
A la fois si purs, si faibles, si doux,
Encor imprégnés de votre baptême,
Vous êtes les forts et les tout-puissants
Car à votre Foi naïve et paisible,
A votre candeur, petits innocents,
Rien n'est impossible.

Cette Foi naïve et cette Candeur
Gardez-les toujours... Que le Ciel vous laisse
Tout ce qui fait, mes chers petits, votre grandeur...
Vous êtes si forts dans votre faiblesse...
Chers petits enfants vous pouvez beaucoup...
Sur vous, sur vous seuls notre espoir se fonde,
Car le Tout-Puissant sauvera par vous
La France et le Monde.

NOUVEAU NOEL

ITE, Enfants préparons la Crêche
Pour ce Jésus qui doit venir ;
Il faut plus que de l'herbe sèche
Avez-vous de la paille fraîche ?
Avez-vous de quoi la garnir ?

Pour vous tout seuls Jésus va naître !
Don du Ciel entre tous les dons...
Savez-vous bien ce qu'il faut mettre
Dans la Crêche du Divin Maître
En ces jours où nous l'attendons ?

Pour réjouir l'Hôte adorable
Cherchez bien tout ce qui lui plaît
Car il faut que la pauvre étable
Triste, froide et si lamentable
Pour une fois soit un Palais.

Cherchez partout des fleurs écloses,
Cueillez-les à profusion,
Pour Lui, glanez, entre autres choses
Lys blancs, violettes et roses
Vrai bouquet de Communion.

Il n'est point besoin de Rois mages
Ni de bergers... Pour seuls présents
Jésus n'attend que les hommages
Des petits enfants purs et sages
Et l'Amour des cœurs innocents.

Enfants, ainsi que les beaux anges
Dans le Ciel chantaient Gloria
Pour mieux célébrer ses louanges
Mêlez-vous aux Saintes Phalanges
Dans un joyeux Alleluia...

Tout est fini... La crêche est prête
A recevoir le doux Sauveur...
... La table du Festin s'apprête...
... Petits enfants c'est jour de fête
Car c'est Noël en votre cœur...

PRIERE A PIE X

Pie X, ô Père de l'Enfance,
Nous venons à toi confiants,
Nous sommes les fleurs d'espérance,
Les Benjamins de notre France
Et ses petits communiants.

O doux Pontife, ô très Saint Père
Tu dois nous trouver très gentils ?
Ecoute bien notre prière
Et daigne donner la lumière
Aux âmes de tes tout petits.

Nous connaissons ton indulgence
O Saint Vieillard au front si doux !
Si nous n'avons pas d'éloquence
Nous plaidons par notre innocence
Et nous sommes tous à genoux.

On dit que tu fais des Miracles
Et que le monde en est rempli ;
Mais le plus grand de tes Oracles
C'est aux pieds des Saints Tabernacles
Grand Pape qu'il s'est accompli.

Car, grâce à Toi le pain que mangent
Les cœurs purs, les âmes sans fiel
Descend jusqu'à nous... Que les anges
A nos voix joignent leurs louanges...
... Ecoute bien du haut du Ciel.

Des sombres visions de guerre
Préserve-nous à tout jamais ;
Toi qu'elle fit pleurer naguère
Bannis-la de la pauvre terre
Saint Ami de la Sainte Paix.

Protège notre tête blonde
Guide nos pas par les Chemins,
Sur les grandes routes du monde.
Tu dois savoir l'espoir que fonde
La France sur ses benjamins.

Aujourd'hui la moisson qui lève,
Demain les blés et les fruits mûrs ;
Que ta douce main nous élève,
Et nous transforme et nous achève
Faisant des forts de nous, les purs.

Noble est le but, grande est la tâche,
Et bien nombreux sont les périls
D'être petits cela nous fâche
Mais faible veut-il dire lâche ?
... Les faibles seront les virils...

Et malgré les grands qui nous nomment
Nous, les faibles, avec dédain,
Tout petits enfants que nous sommes
Pie X ô fais de nous des hommes
Des femmes fortes pour demain...

Donne-nous une âme docile,
Vrai disciple du Crucifix,
Fais de nous — cela t'est facile —
Les ouvriers de l'Evangile,
Les Conquérants du Paradis.

Au jour de la première noce
De nos âmes avec l'Epoux
Daigne élever au Sacerdoce
Peut-être à la mitre, à la crosse,
Pie X, au moins l'un d'entre nous.

Notre âme est encor bien petite !
Mais lorsque nous aurons grandi
Parmi nous qui sommes l'élite
Tu trouveras plus qu'un Lévite :
Un grand Pape... Un nouveau Pie X.

Les petits cœurs qui sont les nôtres
Pie X ont confiance en toi ;
Et, pour sauver l'âme des autres
Fais germer en nous des apôtres
Des confesseurs de notre Foi...

Le Ciel lui-même nous envoie
Au nom de nos frères et sœurs
Qui n'ont pas l'ineffable joie
De suivre notre douce voie...
Nous sommes leurs ambassadeurs.

Pie X, ô Père de l'Enfance,
En t'offrant nos cœurs triomphants
Fleurs d'avenir, fleurs d'espérance
Nous t'offrons le cœur de la France,
Grand Pape des petits Enfants.

LA PETITE BARQUE

Il est une barque légère
Qui, toujours marche de l'avant,
Elle va, preste et passagère
Au gré du flot, au gré du vent.
Et dans sa marche de vertige
Qui, toujours, paraît se hâter,
Le Pilote qui la dirige
Ne la laisse pas s'arrêter.

Elle passe entre deux rivages
Riants, fleuris et séducteurs ;
Mais ces lointains et doux mirages
Pauvre barque, sont des trompeurs.
Ton premier jour n'est qu'à l'aurore ;
Ton voyage est à son début ;
Oh ! Ne t'arrête pas encore,
Il te faut atteindre le but.

Fendant les flots bleus et l'espace,
Bravant les vagues de la mer,
La Barque fugitive passe,
Fragile sur le gouffre amer.
Pauvre barquette vagabonde
Dont un pilote habile a soin,
A travers l'océan du monde
Il faut toujours aller plus loin.

Le zéphir qui souffle la pousse
Toujours avant, plus loin, là-bas...
Le flot est pur, la vague est douce,
La barque ne s'arrête pas.
Le vent gonfle les blanches voiles
Dans leur essor audacieux ;
Elle a pour phares les étoiles
Qui lui montrent, de loin, les cieux.

Les écueils lui barrent la route,
Et la pauvre barque a bien peur !
Elle ralentit, elle doute,
Elle vogue avec moins d'ardeur.
Grand Dieu ! Si l'Océan perfide
Allait entraver son essor !...
Vogue, vogue, barque timide,
Il faut aller plus loin, encor.

Elle va frapper de la proue
Contre les rocs et les récifs ;
Mais jamais la barque n'échoue,
Son Pilote est trop attentif.
Petite barque, Dieu te garde
Et te préserve dans ton cours !
Sur la mer où tu te hasardes
Il faut aller plus loin... toujours....

Mais, au plus fort de la tempête
Parfois le Pilote s'endort...
Jamais la Barque ne s'arrête :
Il lui faut atteindre le port.
... Elle vogue, vogue, oh ! merveille,
Malgré son Pilote endormi...
Il dort, c'est vrai, mais son cœur veille.
Le Port n'est pas encor ici.

Seul le batelet téméraire
Aborde au rivage entrevu,
Malgré son guide tutélaire...
... Jamais il n'en est revenu...
Oh ! barque, ne fais pas de même,
Vogue en dépit du vent debout...
Va tout droit vers le But suprême,
Va de l'avant... Va jusqu'au bout.

En avant barquette fragile,
Toujours plus loin, vers l'Infini,
Sur les flots bleus de l'Evangile,
En avant vers le Paradis.
C'est là le port que tu réclames,
Tu ne vas pas vers l'Inconnu...

... Enfant, cette Barque est ton âme
Et son Pilote... C'est Jésus.....

L'ENFANT ET LA CROIX

Toi dont le cœur s'éveille et commence à comprendre,
Enfant auquel l'amour de ta mère suffit,
Enfant chéri ce qu'avant tout je veux t'apprendre
C'est la leçon du Crucifix.

C'est en voyant souffrir qu'on apprend la souffrance,
C'est en voyant aimer qu'on entrevoit l'amour ;
C'est en voyant mourir que la Sainte Espérance
Par delà le trépas nous dit : « Le Ciel... toujours. »

C'est en posant ton front sur le front adorable,
C'est en joignant tes mains sur le cœur transpercé
Que tu pénètreras le mystère ineffable
Et tout le prix du sang versé.

C'est au pied de la croix que l'homme balbutie
Les mots, les premiers mots d'amour et de ferveur ;
Car la Croix c'est déjà le Calice et l'Hostie
Monument de l'Amour d'un Dieu Homme et Sauveur.

Avant que d'approcher, avant que de connaître
Le Jésus tant aimé de la Communion,
Petit Chrétien tu choisiras pour ton doux Maître
Le Dieu de la Rédemption.

Enfant, regarde bien... Et pour te rendre digne
Du titre de Chrétien grave le dans ton cœur
En traçant sur ton front d'enfant l'immortel signe
Arme qui te rendra plus d'une fois vainqueur.

Si quelque jour la Croix te paraît écrasante,
Si ton calice est plein et déborde de fiel,
Viens... Unis toi bien fort à la Croix apaisante
A celle qui t'ouvre le Ciel.

Aujourd'hui le Seigneur t'arme pour la bataille ;
S'Il reste dans ton cœur tu seras triomphant ;
Il ne fera jamais qu'une Croix à ta taille,
Une petite Croix pour toi, petit enfant.

Oh ! garde le toujours... qu'Il t'aide et te soutienne,
Celui qui vient à toi, t'attire et te bénit !
Pense à sa Croix quand toi tu porteras la tienne,
Pense à son amour infini.

Avec ces deux amours, la Croix, l'Eucharistie,
Tu marcheras toujours fort de ce que tu crois,
Adorant sur la Croix le Jésus de l'Hostie
Et gardant en ton cœur le Jésus de la Croix.

PARFUMS DE NAZARETH

Parmi les grands tableaux que notre amour effleure
Arrêtons-nous au seuil de la Sainte demeure...
A la porte frappons quelques coups très discrets...
Car je voudrais, pour vous, épuisant les sujets,
Emplir, petits enfants, votre cœur et votre âme
De tous les sentiments que le Maître réclame
Et qui, venant de Lui, doivent fleurir en vous.
... Nous sommes arrivés... Mettons-nous à genoux
Et regardons un peu par la porte entr'ouverte...
... Mon cœur, sois recueilli... Ma plume, sois alerte,
Mon Ame sois pieuse afin de retracer
Ce tableau qui jamais ne devra s'effacer
De ce cœur enfantin, de cette âme candide,
Car c'est moi qui l'entraîne et c'est moi qui la guide...
De ce rôle de choix, mon Dieu, soyez béni...
... Adorons un instant, chers enfants... C'est ici
Que le petit Jésus, votre Divin Modèle
Vous parlera bientôt... La mémoire est fidèle
A votre âge ; et le cœur est si vite attendri
Quand on n'a que sept ans... Petit enfant chéri
Contemple de Jésus les Divins faits et gestes...
Le logis est très humble et les meubles modestes...
Quelques chaises de bois, un petit escabeau...
Plus loin, en un coin d'ombre, une table, un berceau...
... Et la Vierge travaille, et l'Enfant-Dieu repose...
Approchons-nous plus près... Nous verrons quelque chose

De sublime et de grand... de doux et de divin...
... Mettons, si vous voulez que ce soit le matin...
Jésus dort doucement et les rayons se jouent
Sur ses divines mains, sur ses petites joues,
Sous leurs baisers l'Enfant sourit dans son sommeil
Et ce sourire-là fait pâlir le soleil.
... Mais voici que Jésus entr'ouvre sa paupière,
Et gazouillant les mots qui sont une prière,
Ce tout petit enfant, ce Fils de l'Eternel
Dit son premier bonjour à son Père du Ciel.
Joseph est en extase et la Vierge est ravie
En écoutant les mots que Jésus balbutie...
Une céleste Paix plane sur tout cela
Car c'est un coin du Ciel et les Anges sont là.
... Et, dans l'humble logis recueilli comme un Temple,
Emu, Joseph écoute ; et la Vierge contemple
Celui qu'elle a porté dans son sein triomphant,
Son Seigneur et son Fils, son Maître et son Enfant.
Tout son Etre se fond devant celui qu'elle aime,
Puisque son Fils, du moins, est son Amour suprême,
Que son enfant dont rien ne peut la séparer,
Plus heureuse que nous, elle doit l'adorer...
... Et tout en elle admire... Et tout en elle adore...
L'enfant Jésus se tait, mais elle écoute encore,
Epiant ses désirs, n'en négligeant aucun.
... Pourtant Jésus attend quelque chose... ou quelqu'un
Qui ne vient pas... Soudain, ravissant de tendresse
Comme un enfant choyé qui quête une caresse,
Dans un geste câlin, ineffable et charmant,
Il tend ses petits bras vers sa douce Maman
Sachant tout obtenir de cet Amour intense.
... Et savez-vous, enfants chéris, ce que je pense ?
Ce que Jésus réclame à l'Amour maternel

En cet instant tout à la fois si solennel
Et si doux, c'est votre âme innocente et candide,
C'est votre amour, à vous, dont son cœur est avide ;
C'est le lys éclatant de votre pureté
Qu'Il veut pour Lui tout seul ; c'est votre chasteté
Naïve qu'Il demande à sa Mère attendrie,
Et c'est vous qu'Il attend de l'Amour de Marie.
...Enfants, comprenez bien.. C'est vous seuls qu'Il attend,.
Ses petits bras tendus, c'est à vous qu'Il les tend...
... Pauvre Jésus. Pendant que le monde est en fête,
Il n'a pas une pierre où reposer sa tête ;
Lui qui nous aima tant que, pour nous, Il mourut
Il trouve peu de cœurs dont Il soit bien connu,
Qui l'aiment comme Il veut et comme Il le mérite...
... Et voici qu'aujourd'hui ce Jésus vous invite
Par tout ce que son cœur aimant put inventer
A venir près de Lui, dans son Intimité...
... Enfants, répondez-lui... Donnez-vous sans partage....
Vous, du moins, aimez-le chaque jour davantage,
Et pour l'aimer ainsi, demandez chaque jour
Demandez à Marie un véritable Amour.....
Priez-la... Suppliez-la bien qu'elle vous aide,
Qu'aux peines de son Fils elle apporte un remède,
En le donnant à vous, en vous donnant à Lui...
Comme elle fut le sien, qu'elle soit votre appui...
Qu'elle vienne en votre âme, enfants, qu'elle y habite,.
Pour qu'au jour attendu de la grande visite,
Jésus venant en vous pour la première fois,
Fasse de votre cœur sa demeure de choix.
Afin qu'en vous livrant l'Ineffable Mystère
Il trouve en vous les traits de sa divine Mère,
Un nouveau Tabernacle, un petit cœur bien prêt
Un sanctuaire intime, un second Nazareth.

PRIERE
A SŒUR THERESE DE L'ENFANT JESUS

Thérèse ô petite Rose,
Aujourd'hui parmi nous, reviens,
Toi qui jamais ne te reposes
Tant qu'il reste à faire du bien.
Garde en nous l'éternelle Enfance
Au sein de l'Amour éternel,
Fais refleurir notre Innocence
Au Ciel.

O Thérèse, ô petite Hostie
Transforme-nous en ce beau jour
Pour le Dieu de l'Eucharistie
En victimes de son Amour.
Lys éclos entre les épines
Viens nous effeuiller sur l'autel,
Au jour des tendresses divines
Du Ciel.

O Thérèse, ô petite Etoile
Astre charmant et lumineux
De nos yeux écarte le voile
Et montre-nous un coin des cieux.
Nous sommes les « Petites Ames »
Et nous venons à ton appel...
En nos cœurs allume les flammes
Du Ciel.

O Thérèse, ô petite Reine
Sois près de nous dans nos ébats,
Console-nous dans chaque peine,
Défends-nous dans tous les combats.
Toi qui fus la « Fleur qui s'effeuille »
Sous les pas de l'Emmanuel,
Thérèse, que ta main nous cueille
Au Ciel.

O Thérèse, ô petite Sainte
Nous t'aimons de tout notre cœur.
Près de toi nous sommes sans crainte ;
N'es-tu pas notre blanche sœur ?
Béni soit Celui qui t'envoie
Pour nous dans l'ombre du Carmel.
Montre-nous la petite voie
Du Ciel.

BEATITUDES

Bienheureux les petits, les faibles, les timides,
Car du mal, ici-bas, ce sont les triomphants ;
Bienheureux les cœurs purs et les âmes candides,
Bienheureux les enfants.

Bienheureux sont ceux-là qui n'ont pas de richesse,
Qui, ne possédant pas, ne s'attachent à rien ;
Bienheureux sont ceux-là qui n'ont que leur faiblesse,
Car Moi, Je suis leur Bien ;

Heureux les patients, les doux, les pacifiques,
Leur front reste marqué du signe baptismal,
Heureux les cœurs d'enfants, les âmes séraphiques,
Les ignorants du mal ;

Heureux parmi ceux-là qui souffrent et qui pleurent
Les petits anges blonds, ici-bas exilés ;
Car voici que par Moi, dans ces divines heures,
Ils seront consolés ;

Heureux sont tous ceux-là dont je bénis l'enfance ;
Heureux les Chérubins aux regards ingénus ;
J'apporte à leur candeur, j'ouvre à leur innocence
Les divins Inconnus ;

Heureux les opprimés. Heureux sont ceux qui tremblent,
Ceux qui sont hésitants... car Je les soutiendrai.
J'ai promis mon beau Ciel à ceux qui leur ressemblent,
Et bientôt, je viendrai.

A Moi les tout-petits, les enfants !... Que m'importe
S'ils n'ont rien à m'offrir que leur cœur radieux ?
C'est pour eux que je viens... C'est en eux que j'apporte
Tout le bonheur des Cieux.

CŒURS D'ENFANTS

Un cœur d'enfant c'est le Ciel sur la terre
Un coin d'azur, un peu de Paradis ;
C'est un secret, un ravissant mystère,
C'est un abîme et c'est un infini.
Exquise solitude
Douce béatitude
Venez, Jésus reposer dans ce cœur
Qu'il soit à Vous, ô mon divin Sauveur.

Un cœur d'enfant c'est une chaste aurore
L'aube d'un jour qui ne doit pas finir,
L'astre Divin, la fleur qui vient d'éclore,
Le lys d'amour que l'on voudrait cueillir.
Allumez l'étincelle
D'une flamme éternelle
En vous donnant à ce tout petit cœur
Qu'il vive en vous ô mon Divin Sauveur.

Un cœur d'enfant est-il rien de plus tendre
Rien de plus pur, de mieux épanouï ?
Il est à Vous, Jésus, daignez le prendre,
Il est à Vous, mon Dieu, soyez à lui.
        Descendez en cette âme
        Pour aviver la Flamme
D'amour afin que ce tout petit cœur
N'aime que Vous ô mon Divin Sauveur.

CORTEGE D'ANGES

Riant à vos rêves pieux
Qui nous semblent parfois étranges,
A la fin du jour radieux,
Enfants, fermez vos jolis yeux
Afin de voir passer les Anges.

Puisque le grand jour va venir,
Il faut prier... puis s'endormir...
L'heure n'est plus aux bagatelles...
Autour de votre petit lit
Entendez-vous ce bruit joli
Ainsi qu'un frissonnement d'ailes ?

Ils sont vrais, vos rêves pieux
Qui nous semblent parfois étranges,
Petits enfants soyez joyeux
Car de son trône radieux
Va descendre le Roi des Anges.....

Les Anges, par vous entendus,
C'est pour vous qu'ils sont descendus
De leurs séraphiques demeures.
Ils vous conduiront par la main
Au grand moment... bientôt... demain...
Quand sonneront les grandes heures !

Riez à vos rêves pieux
Qui nous semblent parfois étranges,
Demain c'est le beau jour des cieux,
Où dans votre cœur radieux
Vous recevrez le pain des Anges.....

Les Anges blancs, sur vous penchés
Sans doute viennent vous chercher
Afin de former un cortège
Pour escorter le Dieu d'Amour ;
Anges de la Céleste Cour
Dont l'aile ici-bas vous protège...

Bénissant vos rêves pieux
Qui nous semblent parfois étranges,
Demain, Jésus, l'Agneau de Dieu
Venant en vos cœurs radieux
Vous fera plus grands que les Anges...

PRIERES DES PETITS ENFANTS

LE PATER DES PETITS ENFANTS

O Dieu du Ciel ! O notre Père !
Que votre nom soit respecté,
Que, dans le Ciel et sur la terre
Tout cède à votre volonté.
Que votre divin règne arrive
Et qu'il confonde les méchants,
Que votre Amour grandisse et vive
Et que sa flamme reste vive
Dans l'âme des petits enfants.

Donnez-leur, dans l'Eucharistie,
Mon Dieu, le pain de chaque jour ;
Elevez leur âme ravie
Aux grandes clartés de l'Amour.
Pardonnez-leur... En Vous, j'espère
S'ils furent quelquefois méchants.
Gardez-les de toute misère...
O Dieu du Ciel, ô notre Père
Bénissez les petits enfants.

L'AVE MARIA DES PETITS ENFANTS

Je vous salue, ô Vous, Vierge pleine de grâces,
Votre Seigneur et Fils, ô Mère, est avec vous.
Puisez dans son Amour et semez en les traces
Sur nos petits enfants, à nous.

Le Seigneur vous bénit entre toutes les femmes ;
Du ciel en votre sein n'est-Il pas descendu ?
Mère des tout-petits, voyez leurs blanches âmes
Et donnez-leur votre Jésus.

Sainte Mère de Dieu, Douce Vierge Marie
Dont la virginité, du mal nous rend vainqueurs
Regardez à vos pieds l'enfance qui vous prie
Et prenez tous ces petits cœurs.

Daignez écarter d'eux le mal qui les effleure
O Vierge à chaque pas sur la terre d'exil,
Et daignez leur donner lorsque sonnera l'heure
Votre beau ciel. — Ainsi soit-il.

LE CREDO DES PETITS ENFANTS

Je crois en Toi, Dieu de clémence
Au miracle de l'Innocence
Qui peut vaincre le Tout-Puissant ;
Je crois que tu créas la terre
Les infinis et leurs mystères
Et le cœur du petit enfant.

Je crois en la Vierge Marie
Je la vénère et je la prie
Avec un Amour confiant.
Elle exaucera ma prière
J'en suis certain. Elle est ma mère
Et je suis son petit enfant.

Je crois Seigneur en ta souffrance
Que ta mort est ma délivrance
Et que ton trépas triomphant
O Jésus nous ouvre la porte
De ce beau Ciel que tu m'apportes
En venant dans mon cœur d'enfant.

Je crois en ta bonté suprême
Je crois en cet Amour extrême
Qui te fit verser tout ton sang ;
Je crois en ton Eucharistie
Je crois que la petite Hostie
Est le Pain du petit Enfant.

Je crois en ta Trinité sainte
Je crois sans ombre et sans contrainte
En Jésus Fils du Dieu vivant,
Je crois en l'Esprit de Lumière,
Qu'Il vienne en ma ferveur première
Eclairer mon âme d'enfant.

Je crois qu'avec sollicitude
Tes saints de leur béatitude
Conduisent nos pas chancelants.
Je crois au Ciel, divin partage
De Celui qui meurt à notre âge
Ou garde son Ame d'enfant.

Je crois... Ma Foi, voilà ma Force...
C'est par elle que je m'efforce
D'être chaque jour plus aimant...
Je crois, Seigneur, et je t'écoute...
Et sans même l'ombre d'un doute
Conserve-moi ma Foi d'enfant.

PRIERE A LA SAINTE VIERGE

Marie aube de grâces
Préparez-nous nos places
   Tout près de vous,
Radieuse espérance
Protégez notre enfance
Gardez notre innocence
   Priez pour nous.

Sainte Reine des Anges
Ecoutez nos louanges,
Nos chants si doux,
O Mère très aimante
A tous compatissante
Souveraine puissante,
Priez pour nous.

O Vierge blanche aurore
Ecoutez-nous encore
Et jusqu'au bout !
O Rose virginale
La terre est bien fatale
A l'âme liliale
Priez pour nous.

Protégez bien, ô Mère !
Notre enfance éphémère ;
L'enfer jaloux
Ternirait la parure
De l'âme toute pure...
O Mère sans souillure
Priez pour nous.

O lumineuse étoile
Etendez votre voile
Et malgré tout,
Pitié pour le transfuge
Mère du Divin Juge
Soyez notre Refuge
Priez pour nous.

Mère je vous implore...
Et Celui qu'on adore
A deux genoux,
Ce doux Jésus que j'aime
Plus que tout et moi-même
Dans ce nouveau Baptême
Donnez-le nous.

ACTES AVANT LA COMMUNION

Acte de Foi

Mon Dieu, je crois en Toi... Je crois et je t'adore
Présent dans ce morceau de froment si menu...
... Je ne suis qu'un enfant faible et petit encore
Mais je crois, ô Jésus...

Acte d'Espérance

Je ne peux, je ne suis, je n'ai rien par moi-même ;
Ce que j'ai, c'est de Toi seul que je l'ai reçu.
Mais de par ton amour et de par mon Baptême,
J'espère en toi, Jésus.

Acte d'Humilité

Tu me vois bien petit, tu connais ma faiblesse
Et venant dans mon cœur n'es-tu pas bien déçu ?
Mais à ce petit cœur objet de ta tendresse
Tu seras tout, Jésus.

Acte de Contrition

A ton présent appel, à ta grâce divine
J'ai souvent résisté, j'ai bien mal répondu.
... Ce que je viens chercher, déjà tu le devines :
C'est ton pardon, Jésus...

Acte de Désir

Bonheur auquel l'enfant, aujourd'hui peut prétendre
Le jour que j'attendais, il est enfin venu...
... Hâte le grand moment... Je ne puis plus attendre
Viens vite, ô mon Jésus...

ECCE PANIS

Petits enfants voici le Pain des Anges,
Celui qu'au Ciel on adore à genoux,
Avec ferveur, bien vite, unissez-vous
Aux voix du Ciel, aux célestes phalanges ;
Petits enfants, voici le Pain des Anges.

Petits enfants voici l'agneau sans tache,
Le Dieu vivant le Fils de l'Eternel
Du Paradis il descend sur l'Autel ;
Au sacrement c'est pour vous qu'Il se cache
Petits enfants voici l'Agneau sans tache.

Petits enfants voici l'Ami fidèle,
Le Bien-Aimé de vos cœurs radieux,
Mêlez vos voix aux chants mélodieux,
Et faites-en votre divin modèle ;
Petits enfants voici l'Ami fidèle.

Petits enfants voici le Pain de Vie,
Accourez tous au Céleste Festin
Et quand viendra le suprême Matin,
Vous serez forts de cette Eucharistie.
Petits enfants voici le Pain de Vie.

LES LYS EPANOUIS

ACTES APRES LA COMMUNION

Acte d'Adoration

Jésus est-ce bien Toi cette petite Hostie ?
Ah ! L'Amour me répond... Je t'ai bien reconnu...
Dans le grand Sacrement de ton Eucharistie
Je t'adore, ô Jésus.

Acte d'Amour

Jésus t'aimer toujours... T'aimer comme tu m'aimes...
C'est mon plus grand désir, c'est mon rêve vois-tu
Je ne te dis qu'un mot, mais c'est tout un poème :
Je t'aime ô mon Jésus...

Acte de Demande et de Remerciement

J'ai vu ton Sacrement, j'ai goûté ta Substance ;
Maintenant ô Seigneur laisse mon cœur ému
Te parler de tous ceux que ma reconnaissance
Te nomme, ô bon Jésus...

Acte d'Offrande

Je t'offre ô mon Sauveur pour toujours... pour la vie
L'âme que tu cherchas... le cœur que tu voulus...
Dans les premiers transports de mon âme ravie
Je m'offre à Toi Jésus...

Acte de bon Propos

Si quelquefois, mon Dieu, je t'ai fait de la peine
Oublie... à l'avenir je ne t'en ferai plus...
Et, bien mieux... Je saurai, du mal et de la haine,
Te consoler, Jésus...

ACTION DE GRACES

Mon doux Jésus, Toi qui te donnes
Aux petits enfants comme moi,
Dont l'amour en mon cœur rayonne,
Qui te découvres à ma Foi ;
Mon âme est pleine d'allégresse ;
Mon cœur répond à ta tendresse
Et mon bonheur est infini,
Pour tes bienfaits, vivantes traces
De ton Amour, je te rends grâces,
Je t'adore et je te bénis.

Je ne sais pas dire grand chose
Car je suis encor bien petit...
Mais tu sais, du moins, quand je cause
Je pense tout ce que je dis...
Et que te faut-il davantage ?
Je veux t'aimer... et sans partage,
O Jésus mon doux petit Roi.
Et c'est pourquoi je m'abandonne
Tout entier à Toi qui te donnes
Aux petits enfants comme moi.

ACTE DE CONFIANCE ET D'ABANDON

O mon Divin Jésus,, accordez-moi la grâce
D'écouter votre voix maintenant et toujours ;
Qu'attendez-vous de moi ? Que faut-il que je fasse
Pour bien répondre à votre Amour ?

Bien que je sois petit un problème se pose
A mon esprit d'enfant à sa tremblante foi...
En Vous je me confie et sur Vous me repose
Car Vous savez bien mieux que moi.

Mon Dieu, conduisez-moi... Donnez-moi la Lumière ;
Gardez-moi, portez-moi, guidez-moi par la main...
Aujourd'hui c'est la paix, c'est l'ivresse première
Mais que sera son lendemain ?

Quel que soit mon chemin votre Amour s'y devine
Je suis prêt à voler quel que soit votre appel...
... Donnez-moi seulement votre force divine
Et soutenez-moi jusqu'au ciel.

Mon Dieu... Mon Dieu... Vous seul savez... Je m'aban-
[donne
Vos vouloirs sont si grands et je suis si petit...
... Déjà j'aime la part que votre Amour me donne
En tout, Seigneur, soyez béni...

Qu'en moi, petit enfant, vos desseins s'accomplissent ;
Je dis merci d'avance à vos divins décrets,
Que ma voix se confonde aux voix qui vous bénissent
Pour adorer vos grands secrets.

Que votre Volonté,, Seigneur, en tout se fasse
Quel que soit le chemin tracé par votre Amour,
Pourvu qu'à tout instant vous m'y fassiez la grâce
De vous aimer... Mon Dieu, toujours...

ECOUTEZ...

Ecoutez la chanson des cloches
Dans l'air paisible et matinal,
Jetant leurs trilles et leurs croches
En un tintement de cristal.
Voix d'airain et voix argentines
A l'envi veulent annoncer
L'heure des tendresses divines.
Ecoutez... Ecoutez...

Ecoutez les chœurs angéliques,
Les ineffables voix du Ciel
Egrenant leurs pieux cantiques
Ainsi qu'en un soir de Noël :
« Paix, disent-ils en leurs louanges
« Aux cœurs de bonne volonté ».
... C'est pour vous que chantent les Anges :
Ecoutez... Ecoutez...

Ecoutez... Toute la nature
Célèbre son Divin Auteur,
En cet instant où l'âme pure
Va s'unir à son Créateur...
A vos cantiques d'allégresse
La terre voudrait ajouter,
En se parant, sa propre ivresse,
Ecoutez... Ecoutez...

Ecoutez la douce harmonie...
Tout en vous chante le Sauveur...
Voici venir l'heure bénie
Le Ciel descend dans votre cœur...
Est-il un plus profond mystère
Un bonheur plus grand à goûter ?
... Pour le comprendre, il faut se taire...
Ecoutez... Ecoutez...

Ecoutez bien, l'heure est venue...
Doux chérubins recueillez-vous...
O bonheur... O paix inconnue...
O Beau jour de tous le plus doux...
Ecoutez bien... Votre innocence
Seule comprend la Vérité.
Le bon Maître aime tant l'Enfance !...
Ecoutez... Ecoutez...

Ecoutez bien... Jésus vous aime...
Ecoutez la voix de l'Amour
Ecoutez l'Eternel Poème,
Ecoutez encore et toujours...
Ce doux Maître que tout acclame
Chers enfants vous le possédez...
... Jésus tout bas parle à votre âme
Ecoutez... Ecoutez...

PRIERE DE JESUS DANS L'EUCHARISTIE

O Dieu tout-puissant ô mon Père
Présent à tous comme en tous lieux
Sous les voiles du grand Mystère
Qui, seul, unit la terre aux cieux,
Regardant la foule attendrie
Des petits enfants prosternés
Père, j'intercède et vous prie
Pour ceux que vous m'avez donnés.

Ils s'approchent du Tabernacle
Car ils sont purs... cela suffit...
Pour eux j'implore le miracle ;
Transformez-les par votre Fils.
Le monde s'irrite et s'étonne ;
Il peut bien, certes, s'étonner,
Car c'est Moi-même qui me donnes
A ceux que vous m'avez donnés.

J'ai pour eux un amour intense,
Du mal ce sont les triomphants ;
Et Moi la suprême Innocence
Je chéris les petits enfants...
.. Ces fronts purs encor du baptême
Devant Vous sont tous inclinés
... Père j'adore et je vous aime
En ceux que vous m'avez donnés.

PETITES HOSTIES

Pain des Elus, Divine Eucharistie
Lys embaumé,
Il vient à vous dans sa petite hostie
Le Bien-Aimé.

Oh ! Petits cœurs palpitez d'allégresse
Battez plus fort,
Gardez en vous votre sainte tendresse
Jusqu'à la mort...

O cœurs d'enfants tressaillez d'espérance
En ce beau jour,
L'Enfant Jésus s'unit à votre enfance.
Excès d'amour !

L'Amour se livre et l'Amour s'abandonne...
Ah ! Regardez...
Et donnez-vous ainsi que Lui se donne
Sans marchander...

Pour bien l'aimer aimez-le sans mesure
Et malgré tout...
Ne tremblez pas... Lui-même vous rassure
Il est en Vous...

Pour être à Lui donnez-vous sans partage
Et sans regret ;
Il saura bien vous rendre davantage
Dans le secret...

Ne craignez pas les petits sacrifices :
Ce sont des fleurs ;
De votre cœur offrez-lui les prémices
Avec vos pleurs.

N'ayez pas peur de la bonne souffrance,
Elle grandit...
Ne craignez pas... La Croix c'est l'espérance
Du tout petit...

Vivez en Lui... Qu'Il demeure en votre âme
Et qu'à jamais
Il vous conserve en lumineuse flamme
Sa sainte paix.

Ames d'enfants du Pain vivant nourries
Lys embaumés,
Vous deviendrez les petites Hosties
Du Bien-Aimé.

LES PETITS COMMUNIANTS

E regard pur, l'âme en fête,
Recueillis et souriants,
Sans que nul ne les arrête
Ils portent bien haut la tête
Les petits communiants.

Bien sages et bien dociles,
Ils ont mis leurs blanches mains
Leurs menottes si fragiles
Entre les mains plus viriles
Qui tracent leurs lendemains.

Ils ont comme une auréole
Autour de leurs beaux cheveux
Dont chaque boucle s'envole
Soyeuse, blonde et frivole
Dans un halo lumineux.

Les premiers rayons se mirent
Au fond de leurs regards purs ;
Les bleus se fondent, s'admirent
Et c'est comme deux sourires
Dans ce petit coin d'azur.

Et la brise les caresse
Dans l'air calme du matin,
L'on se hâte, l'on se presse
Et le cœur plein d'allégresse
On va vers le grand Festin.

Alors la Messe commence,
Petits enfants, regardez...
Ecoutez... Faites silence...
... Et dans ces fleurs d'innocence
Venez, doux Jésus... Venez...

Ils ont place réservée
A la table du banquet...
Elle est toute préparée
Pour cette heure désirée...
Ils en seront le bouquet...

Ce Jésus qui vous invite
Enfants, à vous va s'unir...
Hâtez-vous... Allez bien vite...
Votre cœur bat et palpite
Pour Celui qui doit venir...

Quoi ? Voudriez-vous des ailes
A votre cœur désormais ?
Les heures sont des cruelles
Dans leur fuite les plus belles
Semblent ne venir jamais.

... Mais une main les effleure.
« Petits enfants, à genoux »
Voici venir la grande heure...
... Je crois que leur maman pleure
De bonheur... Oh! que c'est doux...

C'est divin, c'est ineffable,
... Enfants au cœur ingénu
Allez à la Sainte Table
Car l'instant si mémorable
Le grand moment est venu...

Oh quelle indicible fièvre !...
... Le prêtre vient déposer
Le Bien-Aimé sur leur lèvre
Que jamais Jésus ne sèvre
De son amoureux baiser.

C'est un bonheur sans mélanges
Et tout immatériel,
Nos tendresses les dérangent...
Laissons-les avec les Anges
Moins sur la terre qu'au ciel...

Emus, nos regards embrassent
Ces yeux et ces fronts pensifs
Portant de Jésus les traces...
... Et c'est l'Action de Grâces...
Oh ! comme ils sont attentifs...

Seigneur qui donc osa dire
Qu'ils étaient bien trop petits ?
Quand votre Amour les désire,
Les transforme et les attire ?
... N'en sont-ils pas plus gentils ?

S'ils n'ont pas encor la taille
S'ils ne sont pas assez grands,
Votre main qui les travaille
Saura bien pour la bataille
En faire des conquérants.

S'ils sont faibles et timides,
Si leurs cœurs ne sont pas mûrs,
N'en sont-ils pas plus candides ?
Et leurs jolis yeux limpides
N'en seront-ils pas plus purs ?

Allez donc l'âme ravie,
Recueillis et souriants
Forts de cette Eucharistie,
Allez à travers la Vie
O petits communiants.

LE LYS DU PETIT JESUS

Je sais un parterre embaumé
Voisin du Paradis lui-même ;
Au passant il est bien fermé...
Il y croît un lys parfumé
Que Jésus aime.

Chaque matin et chaque soir
Près de lui l'enfant se repose ;
Et, le trouvant charmant à voir
Prenant son petit arrosoir,
Jésus l'arrose.

Avec un plaisir enfantin
Jésus s'approche et le respire ;
Il exhale un parfum divin...
Il est si beau, si blanc, si fin...
Jésus l'admire...

Il est éclatant de blancheur
Ce lys que l'Enfant-Dieu cultive ;
Mais parfois il penche sa fleur...
Alors, à son petit tuteur
Jésus le rive...

Mais sur les beaux jardins fleuris
Pluie et grand vent passent ensemble...
L'une pleure et l'autre gémit...
Oh ! s'ils allaient briser le lys !
Et Jésus tremble...

Eh quoi ? Le beau lys s'est penché
Sous le grand souffle qui l'effleure ;
Il est meurtri, sali, taché !
... Hélas... Le beau lys est brisé !
... Et Jésus pleure...

Mais pourtant tout n'est pas perdu...
L'Enfant se baisse et le ramasse...
Et sur son cœur tout éperdu
Avec un sourire ingénu
Jésus l'embrasse...

Ames d'enfants, fleurs d'Infini
Que le vent, en passant, effeuille
Lys parfumé, blanc et fleuri
C'est vous, en cet instant béni,
Que Jésus cueille...

QUAND JESUS PASSAIT...

Quand Jésus passait par la Galilée
Prêchant sa doctrine au long des chemins,
Subjuguant d'un mot la foule assemblée
Donnant l'Evangile aux pauvres humains,
Tout autour de Lui, la troupe timide
Des petits enfants pieux se pressait ;
Leur âme s'ouvrait, naïve et candide
Quand Jésus passait.

Quand Jésus parlait à la multitude
Qui, jusqu'au désert allait, le suivant,
Attirant et plein de sollicitude
Son regard cherchait un petit enfant.
« Bienheureux les purs ». Pour le mieux comprendre
Ils venaient vers Lui qui les appelait.
De Lui, l'innocent pouvait tout apprendre
Quand Jésus parlait.

Quand Jésus priait, à l'heure bénie
Où dans le silence on entend le ciel,
Sa condescendance étant infinie,
Il s'abaissait même au matériel.
Symbole touchant du Saint Tabernacle,
A sa voix, le pain se multipliait ;
L'eau se transformait en vin — ô miracle ! —
Quand Jésus priait.

Cher petit enfant, ta candeur profonde
Ta simplicité, ta naïve Foi
Font ton cœur très grand, plus grand que le monde
Puisque tout le Ciel, enfant, vient en toi...
Car Celui qui prie, et te parle et passe
Dans ce petit cœur où tu le reçus,
Qui, dans son baiser t'attire et t'embrasse,
C'est Lui, c'est Jésus !...

HEUREUSE ENFANCE

Petit enfant au matin de ta vie,
Ton petit cœur au grand Cœur va s'unir ;
Caché pour toi dans la petite Hostie
Ton Dieu, ton Roi, ton Maître va venir.
Heureuse enfance,
Quel grand bonheur !
Ton innocence
Va recevoir le doux Sauveur.

Petit enfant, comme Jésus se donne
Ah ! donne-toi pour jamais à ton tour,
Comme Il sera dans le Ciel ta Couronne
Promets-lui bien d'être à Lui sans retour.
Heureuse enfance,
Quel grand bonheur !
Ton innocence
Va se donner au doux Sauveur.

Petit enfant voici le pain des Anges
Celui qu'au Ciel on ne sert qu'à genoux...
Penses-y bien... C'est un Dieu que tu manges
Un Dieu Hostie et fait Homme pour nous.
Heureuse enfance,
Quel grand bonheur !
Ton innocence
Va se nourrir du doux Sauveur...

Petit enfant tu n'as que ta faiblesse
Pour Lui payer tout ce que tu lui dois !
Que veut-il donc, enfant que tu lui laisses ? —
Ton cœur... C'est tout ce qu'il attend de toi.
Heureuse enfance,
Quel grand bonheur !
Ton innocence
Va consoler le doux Sauveur...

Petit enfant ouvre grande ton âme
A son Ami, à son hôte divin,
Ton Bien-Aimé, celui qu'elle réclame
Est là, tout près... Il va venir... Enfin !...
Heureuse enfance,
Quel grand bonheur !
Ton innocence
Va posséder le doux Sauveur...

Petit enfant déjà tu le possèdes
Ce Pain des purs, cet Aliment des forts,
Tu ne crains rien puisque ton Jésus t'aide,
Donnant sa force à tes faibles efforts.
Heureuse enfance,
Quel grand bonheur !
Ton innocence
Possède enfin le doux Sauveur...

Petit enfant bien doux est ton partage !
Le Ciel lui-même est moins grand que ce jour :
Jésus est là... Pour l'aimer davantage
Puise en son cœur et rends-lui son Amour.
Heureuse enfance,
Quel grand bonheur !
Ton innocence
Possède à jamais le Sauveur...

LA VIERGE AUX COLOMBES

Enfants, je connais une image exquise
Et que l'on croirait faite exprès pour vous.
Sur un humble banc, la Vierge est assise
Et l'Enfant-Jésus est sur ses genoux...

La Vierge se penche... et Jésus se presse
Contre la douceur du sein maternel ;
L'Enfant se blottit... La mère caresse
Le front adoré du Verbe éternel.

Et sa chaste main tient une colombe ;
Son front est joyeux, son regard ému,
Et le doux regard qui, sur l'enfant tombe
Dit éloquemment : « C'est pour vous, Jésus. »

Et l'Enfant sourit à l'oiseau qu'Il aime,
Que ses petits bras serrent contre Lui...
... Enfants, c'est à vous — ô bonheur suprême ! —
Que le doux Jésus sourit aujourd'hui.

Car n'êtes-vous pas l'oiselet sans tache
Que l'Enfant Divin presse sur son cœur ?
Lys immaculé qu'Il aime et détache
Votre âme innocente est sa blanche sœur.

Votre âme d'enfant si blanche et si neuve
Est en ce beau jour le plus doux présent,
De son tendre Amour la plus sûre preuve
Que la Vierge-Mère offre à son Enfant.

Gardez-lui toujours blancs et sans souillures
Vos fronts aujourd'hui joliment parés,
Les cœurs innocents et les âmes pures
Qu'avec tant d'Amour elle a préparés.

Demeurez debout parmi ceux qui tombent,
Forts du Sacrement ce matin reçu,
Qu'elle puisse offrir toujours des colombes,
Ses oiseaux chéris au petit Jésus.

LE SOMMEIL DE L'ENFANT JESUS

Dans son berceau l'Enfant Jésus sommeille...
Ses longs cils blonds sont baissés sur ses yeux ;
Tout près de Lui la Sainte Vierge veille,
Et c'est divin,, c'est un tableau des cieux.
Dans le jardin, tout auprès de la couche
Le doux Saint Jean prend ses joyeux ébats,
La Vierge, alors, met un doigt sur sa bouche :
« Ne le réveillez pas. »

Et Jean s'amuse avec des tourterelles
Cherchant à les apprivoiser... en vain...
Les blancs oiseaux viennent battre des ailes
Et roucouler sur le berceau divin.
Tendant ses mains vers les oiseaux timides
Que son Fils aime à tenir en ses bras,
La Vierge dit aux petites perfides :
« Ne le réveillez pas. »

Un grand lys blanc croît auprès de la Vierge
Dans la clarté qui va l'épanouir...
Il grandit libre et tout droit... comme un cierge,
... Enfant Jésus le beau lys va fleurir...
Mais non l'Enfant est calme dans ses langes ;
Les grands lys blancs ont beau fleurir, là-bas
Le Fils de Dieu dort sous l'aile des anges...
Ne le réveillez pas.

Le zéphyr jase et la brise l'effleure,
Tout en glissant sur le berceau de bois,
Hé quoi ? Soudain la Sainte Vierge pleure...
Si tu savais, enfant, ce qu'elle voit...
... Elle frémit... L'objet de sa tendresse
Sous une croix défaille à chaque pas...
... Mais non, Jésus dort sous votre caresse....
Ne le réveillez pas.

Dans le lointain elle a vu douze apôtres
Tirer Jésus de son sommeil d'amour...
Elle a frémi pour les péchés des autres,
Son pauvre cœur est brisé sans retour....
Elle aperçoit une Croix qu'on élève
Et son doux Fils pâli par le trépas...
En attendant, l'Enfant rit à son rêve...
Ne le réveillez pas.

Et dans vos cœurs la divine Madone
Met les rayons dont le sien est privé,
Son doux Jésus la Vierge vous le donne,
Henreux enfants le jour est arrivé...
Il vient à vous dans sa petite Hostie
Et c'est pour vous qu'Il demeure ici-bas.
Du grand sommeil de son Eucharistie,
Ne le réveillez pas.

Lui qui chérit la blancheur des colombes
Et le parfum de ses beaux lys fleuris,
Il a choisi parmi tous ceux qui tombent
Les cœurs si blancs, si purs des tout petits.
De vous, enfants, Il attend quelque chose...
Aimez-le bien... Dites-le lui tout bas...
Dans votre cœur il faut qu'Il se repose...
Ne le réveillez pas.

DERNIERS RAYONS...
PREMIERES FLAMMES.

Dans le soir paisible et dans le mystère
Les cieux recueillis parlent à la terre.
Plus rien ne s'agite et ne vibre plus...
C'est l'heure du rêve et de l'Angelus,
L'heure où l'on s'endort et l'heure où l'on prie,
L'heure de Satan, l'heure de Marie...
L'heure des pécheurs et l'heure des purs,
L'heure où l'ombre est grise entre deux azurs.
Au fond du couchant qui s'ourle de rose
Le soleil se meurt dans l'apothéose
Et dans la splendeur des derniers rayons,
Célébrant ce Maître en qui nous croyons,
Mieux par ses beautés que par des louanges.
... Dans vos petits lits sous l'aile des Anges
Descendus des cieux pour vous mieux bercer,
Benjamins chéris... dormez bien... dormez...
Vous êtes heureux... Le ciel vous contemple...
Votre cœur est pur, votre âme est un temple
Où vous possédez forts et triomphants
Le petit Jésus des petits enfants.

... Et cette âme-là, cette âme est ravie...
A travers le monde, à travers la vie,
Conservez-le bien, votre doux Amour
Ainsi que ce soir... Ce soir d'un beau jour...
Maintenant riez à votre doux rêve...
Vous êtes heureux... Le grand jour s'achève ;
Mais il laisse en vous, benjamins chéris,
Le joyeux printemps et le Paradis...
... O derniers rayons... O premières flammes !
Les cieux attendris parlent à vos âmes...

LE GRAND JOUR

Pleine déjà des clartés éternelles
Petits enfants en ce jour radieux
N'est-il pas vrai que votre âme a des ailes
Pour s'envoler et pour monter vers Dieu ?

Soyez heureux... Jésus Eucharistie
Au doux banquet, au Festin de l'Autel,
De votre cœur vient de faire une Hostie,
Et de votre âme un nouveau petit Ciel.

Au soir divin de ce jour mémorable
— Mon cœur, à moi, tressaille en y songeant —
Posez vos fronts sur le Cœur adorable
Et soyez-lui d'autres petits Saint Jean.

Sur ce grand Cœur, source de toutes grâces
Reposez-vous et demeurez toujours,
Conservez-y votre amoureuse place
Pour y puiser les secrets de l'Amour.

Mêlez vos chants aux cantiques des Anges
Ne sont-ils pas vos Frères bienheureux ?
Et cependant ne faites pas d'échanges
Car aujourd'hui, vous possédez plus qu'eux.

Joyeux essaim et radieux cortège
Doux chérubins au regard ingénu
Vous avez mieux... Car — oh ! doux privilège —
Dans votre cœur tout le Ciel est venu.

Que les accents de vos lèvres câlines
Chantent Jésus toujours plus, toujours mieux,
Objet chéri des promesses divines,
Votre âme, enfants, est le temple de Dieu.

SOUVENIRS D'UN BEAU JOUR

Lorsque les cheveux blancs parmi vos boucles blondes
Auront mis leur ton grave et leurs fils argentés,
Lorsque le temps aura terni les claires ondes
De vos jolis yeux veloutés ;

Quand sur l'aile d'azur de vos rêves candides
S'envolera tout ce qui peut vous décevoir,
Quand sur vos fronts tremblants sillonnés par les rides
Passeront les ombres du soir ;

Quand des jours et des ans l'interminable liste
S'allongeant, vous serez devenus des vieillards,
Quand s'amoncelleront sous votre regard triste
Les nuages et les brouillards ;

Enfants, lorsque votre âme à jamais sera close
Derrière les bonheurs, les rêves envolés,
Il restera pourtant et toujours quelque chose,
Un peu des beaux jours écoulés ;

Si votre cœur d'enfant se nourrit de chimères,
Si vos rêves sont doux au seuil de l'avenir,
Vous aurez, sur le soir des beaux jours éphémères
Le feu divin du Souvenir.

Le souvenir ? C'est plus, et mieux que l'Espérance
Puisque c'est ce qui reste d'un bonheur goûté,
Le goûter de nouveau, le revoir à distance
Et s'en nourrir à volonté.

Le Souvenir, c'est tout ce qui nous fait revivre
Les jours les plus heureux que nous ayons vécus ;
Le temps a beau voler ; nous pouvons le poursuivre,
Il ne nous a jamais vaincus.

Le Souvenir surtout, c'est ce qui nous rappelle
Le passé tant aimé, les traits d'un cher absent,
Ce qui nous fait penser à notre âme éternelle
Faite pour l'éternel présent.

Et c'est le souvenir qui, sans que l'on recule
D'un seul instant, d'un mètre au cours du long chemin,
Nous fait nous retourner tandis qu'au crépuscule
Il unit les feux du matin.

C'est lui qui nous permet quelques pas en arrière
Quoique sans retarder notre marche en avant ;
Le souvenir, enfin, c'est un peu de Lumière
Sur un mirage décevant.

A chaque instant par lui, nous revivons encore
Tous les bonheurs que nous voudrions sans réveil,
Et chaque obscure nuit s'ajoute à chaque aurore
Sans en éteindre le soleil.

Gardez-le dans vos cœurs... Et que votre mémoire
Docile à sa parole et fidèle à sa Foi
Sur le temps destructeur remportant la Victoire
Revive toujours l'autrefois.

Qu'il garde en vous, enfants, l'éternelle jeunesse
Et les illusions de vos plus jeunes ans
Qu'il vous garde la Paix et la Sainte Allégresse
En vous gardant vos cœurs d'enfants.

Que le temps vous épargne en sa sombre sentence,
Que le passé vous reste présent, quoiqu'enfui ;
Que le jour précédent chaque jour recommence,
Et que demain soit aujourd'hui.

Dans les jours qui viendront qu'il vous fasse revivre
Celui-là qui, de tous demeure le plus beau,
Que l'ineffable amour dont votre cœur s'enivre
Soit un éternel renouveau.

Que votre âme gardant la Paix dont elle est faite
Aille, ainsi, sans regrets vers la Sainte Sion,
Pour qu'un jour elle unisse, à l'Eternelle Fête,
Sa première Communion.

ALLELUIA

Le cœur léger, l'âme sereine
Ravis, joyeux et triomphants,
Venez... L'Amour vainquit la haine,
Doux chérubins, joyeux enfants.
A son banquet Eucharistique
        Alleluia
A sa table Sainte et Mystique
Le bon Jésus vous convia
Alleluia... alleluia... alleluia...

Pour le festin que vous prépare
Ce Jésus Fils de l'Eternel
Il faut que votre Ame se pare
De clartés et de fleurs du Ciel.
Qu'en vos cœurs le bonheur rayonne
        Alleluia
Ceignez vos fronts de la couronne
Qu'aux cieux la Vierge vous tressa.
Alleluia... alleluia... alleluia...

Divins transports, douce Allégresse
Quoi le grand jour c'est aujourd'hui
Jésus aime votre faiblesse
Il vient à vous... Allez à Lui...
Car c'est Lui-même qui se donne
Alleluia
Jamais son Amour n'abandonne
Celui qui toujours le pria...
Alleluia... alleluia... alleluia...

Le Bien-Aimé vient de paraître !
O beau jour entre les plus beaux !...
Chérubins sous les pas du Maître
Semez des fleurs et des rameaux...
Enfants, voici le roi des Anges
Alleluia
Chantez sa gloire et ses Louanges
Dans un éternel Hosanna,
Alleluia... alleluia... alleluia...

Ames d'enfants, âmes choisies
Souriez au grand renouveau,
C'est aujourd'hui Pâques fleuries,
Vous possédez le doux Agneau !
Chantez les délices nouvelles
Alleluia
Chantez les Pâques éternelles ;
Petits enfants Jésus est là
Alleluia... alleluia... alleluia...

TABLE DES MATIERES

TABLE DES MATIERES

LES LYS EN BOUTONS

PRIÈRE DES PETITS ENFANTS

TABLE DES MATIÈRES

LES LYS EPANOUIS

AVIGNON
AUBANEL FILS AINE, Editeur
15, Place des Etudes, 15

—

1927

www.ingramcontent.com/pod-product-compliance
Ingram Content Group UK Ltd.
Pitfield, Milton Keynes, MK11 3LW, UK
UKHW021600260726
13993UKWH00002B/953